L'Ours et L'Abeille

RIMES POUR DORMIR

BearandBee.buzz

SHIÅN SEREI

L'OURS ET L'ABEILLE

RIMES POUR DORMIR

SHIÅN SEREI

Visitez BearandBee.buzz pour des jeux pour enfants sans danger, des livres de coloriage, et des informations commerciales.

Sur l'île d'Bearberia,
Au milieu de la mer de pollen.
Vivait un gentil ours,
Qui dansait et mangeait du miel.

L'ours était grand et fort,
Avec des crocs et des griffes géantes.
Mais il avait un cœur tendre,
Qui le faisait s'asseoir et se détendre.

Il rêvait de trouver un ami,
Car sa vie était fort solitaire.
Et un jour cela se produisit,
Il rencontra une petite abeille.

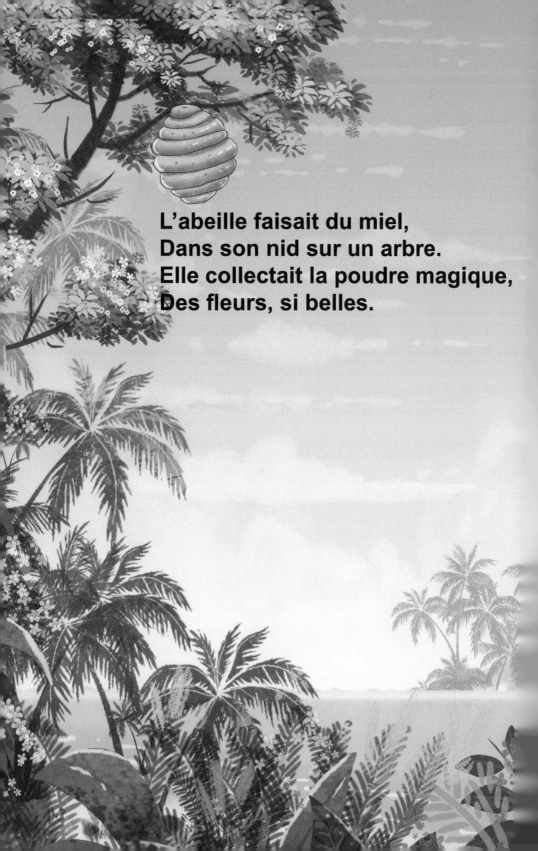

L'abeille faisait du miel,
Dans son nid sur un arbre.
Elle collectait la poudre magique,
Des fleurs, si belles.

L'ours pouvait sentir le miel,
Il grimpa et griffa avec joie.
Il frappa le nid et le cassa,
Et effraya la petite abeille.

L'ours commença à manger le nid.
Profitant de chaque bouchée.
Il n'avait pas vu la petite abeille,
Qui cria, "Ce n'est pas juste !"

L'abeille vola rapidement vers l'ours,
Et pris une pose énervée.
Elle pointa son dard sur son visage,
Et le piqua sur le nez !

L'ours posa le nid,
Et pleura de douleur.
Il regarda la petite abeille,
Effrayé qu'elle ne frappe à nouveau!

"Tu as détruit ma maison !"
                    -bourdonna-t-elle.
"Et tout mon travail, à coup sûr!
Maintenant, va-t'en !...
Ou je te piquerai dix fois de plus !"

L'ours prit retraite dans la forêt.
Et l'abeille commença à pleurer.
Elle tenta de réparer son petit nid,
Mais la forêt n'était plus sèche.

L'hiver arriverait bientôt.

Et il n'y avait plus de temps pour nidifier.

Elle pleura jusqu'à ce que ses ailes soient mouillées,

Se posant doucement sur un rocher pour se reposer.

L'ours regretta son action.

Il se gratta le nez et pensa,

"Si seulement je pouvais aider l'abeille,"

"Ses larmes ne seraient pas vaines."

L'ours partit à la recherche de l'abeille,

Il marcha à travers des champs de fleurs.

Espérant qu'elle serait au travail.

Et pas si pleine de tristesse.

Puis il la vit pleurer.
Sur la plage de la mer de pollen.
Elle avait abandonné tout espoir,
Et se demandait ce qui allait arriver.

L'ours s'approcha lentement d'elle.
En surveillant la marée.
"J'ai une grotte pour l'hiver,
Tu veux t'y abriter ?"

L'abeille commença à sourire,
Elle se sentait à nouveau en sécurité.
Un endroit où passer l'hiver,
Et un ami inespéré.

"Je préparerai du miel pour nous deux."
Bourdonna-t-elle rapidement en réponse.
"Et je m'assurerai qu'il fasse chaud à l'intérieur."
Dit l'ours dans un soupir.

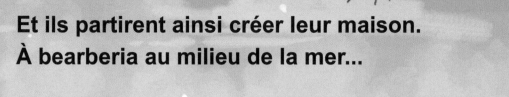

Et ils partirent ainsi créer leur maison.
À bearberia au milieu de la mer...

Alors que la neige d'hiver commença à tomber.
Sur l'ours et son amie l'abeille.

-Fin-

GUITARE ACOUSTIQUE

La musique pour l'Ours et l'Abeille est disponible sur BearandBee.buzz. Choisissez parmi une sélection de chansons lentes ou enjouées pour accompagner votre version de l'histoire à mesure que vous lisez les rimes à votre enfant.

LIVRE DE COLORIAGE EN LIGNE

Visitez BearandBee.buzz pour plus d'amusement interactif avec vos personnages favoris des Rimes pour dormir. Des jeux en ligne, de la musique et un livre de coloriage sur portable sont disponibles.

L'OURS ET L'ABEILLE

JEUX EN LIGNE
BEARANDBEE.BUZZ

Sur l'île d'Bearberia... Au milieu de la mer de pollen

À propos de Shiån Serei

Shian est un auteur international à succès, un entrepreneur et un conteur. Shian a travaillé avec des organismes et dans des missions d'aide à l'enfance dans le monde entier. Ses efforts de philanthrope, d'auteur et de musicien sont réunis dans le projet *L'Ours et l'Abeille, Rimes pour dormir*.

La version électronique des livres comprend des pistes musicales pour accompagner le lecteur dans ce moment magique qui précède l'endormissement de ses enfants. Les œuvres complètes de Shiån comprennent des histoires pour enfants, des romans d'amour, et des scripts pour des projets télévisuels ou théâtraux.

Vivait un gentil ours... Qui dansait et mangeait du miel.

L'Ours et l'Abeille, Rimes pour dormir

L'Ours et l'Abeille, une paire improbable de personnages, c'est exactement de cela qu'il s'agit. Deux individus qui ont choisi d'être ensemble, au milieu des critiques et des défis qui se présentent dans chaque histoire. L'Ours et l'Abeille, divertissent en rimes et en histoires charmantes qui présentent tout une variété de dynamiques modernes conçues pour bénéficier à n'importe quel enfant, qu'il soit dans une situation de vie spéciale ou en train d'apprendre à comprendre le monde qui l'entoure avec un esprit ouvert.

Visitez **BearandBee.buzz** pour des jeux pour enfants sans danger, des livres de coloriage, et des informations commerciales.

37369865R00020

Printed in Great Britain
by Amazon